COLLECTION

M. B. KOTSCHOUBEY

(Première Vente)

OBJETS D'ART

D'AMEUBLEMENT

EXEMPLAIRE DE M. STETTNER

Paris — 1906

Collection de M. B. KOTSCHOUBEY

(PREMIÈRE VENTE)

OBJETS D'ART

ET

D'AMEUBLEMENT

CONDITIONS DE LA VENTE

La vente aura lieu au comptant.

Les acquéreurs paieront *dix pour cent* en sus des prix d'adjudication.

Les expositions permettant au public de se rendre compte de l'état et de la nature des objets et d'en vérifier la désignation, il ne sera admis, pour quelque cause que ce soit, aucune réclamation une fois l'adjudication prononcée.

Paris. — Imp. Georges Petit, 12, rue Godot-de-Mauroi. — 10314-06.

CATALOGUE

DES

OBJETS D'ART & D'AMEUBLEMENT

Anciennes Porcelaines Européennes et de l'Extrême-Orient

BERLIN, SÈVRES, SAXE, VIENNE, CHINE, JAPON, ETC.

ÉMAUX CLOISONNÉS — BRONZES CHINOIS

MATIÈRES DURES : Agate, Cristal de roche, Jade, etc.

OBJETS DE VITRINE

Boîtes — Bonbonnières — Tabatières — Miniatures — Éventails

Tabatière en or avec gouaches de VAN BLARENBERGHE

COLLECTION DE PIÈCES D'ORFÈVRERIE ALLEMANDE

DES XVIIe ET XVIIIe SIÈCLES

Sculptures sur bois, Ivoire, Marbre, etc.

IMPORTANTS BRONZES D'ART DU XVIIIe SIÈCLE

Par ou d'après COYZEVOX, PIGALLE, etc.

BEAUX BRONZES D'AMEUBLEMENT — PENDULES

DES ÉPOQUES LOUIS XV, LOUIS XVI ET PREMIER EMPIRE

AMEUBLEMENTS DE SALONS

en ancienne tapisserie d'Aubusson et en broderie

MEUBLES ANCIENS

Important Bureau plat Louis XV en marqueterie avec bronzes, par JOSEPH

Meuble-Cartonnier Louis XV — Commode Louis XIV — Secrétaire Louis XVI, etc.

Composant la

Collection de M. B. KOTSCHOUBEY

DONT LA VENTE AURA LIEU

HOTEL DROUOT, Salles N°s 9, 10 & 11 réunies

Les Mercredi 13, Jeudi 14, Vendredi 15
et Samedi 16 Juin 1906, à 2 heures

COMMISSAIRE-PRISEUR

Me F. LAIR-DUBREUIL, 6, rue de Hanovre.

EXPERTS

MM. PAULME & B. LASQUIN FILS	**M. GUSTAVE LEGAY**
10, rue Chauchat | 12, rue Laffitte	57, rue Condorcet, 57

EXPOSITIONS

PARTICULIÈRE : *Le Lundi 11 Juin 1906, de 1 heure 1/2 à 6 heures*

PUBLIQUE : *Le Mardi 12 Juin 1906, de 1 heure 1/2 à 6 heures*

ENTRÉE PAR LA RUE GRANGE-BATELIÈRE

ORDRE DES VACATIONS

PRÉFACE

La collection dont les éléments font l'objet de ce catalogue est fort belle : elle est même célèbre, non seulement en Russie, mais en France, où ceux, qui l'ont constituée à travers plusieurs générations, comptent de vieilles amitiés : mais les motifs qui en amènent la dispersion sont particulièrement tragiques.

C'est la tempête sociale qui gronda l'hiver dernier en Russie qui en est cause : je l'expliquerai plus loin.

Un temps, la collection de M. Kotschoubey était réunie dans son bel hôtel de Saint-Pétersbourg, et c'était un régal pour les yeux que toutes ces merveilles de notre XVIIIᵉ siècle français, placées en belle vue, par un homme de goût, qui n'ignorait pas que la beauté ne répugne pas à un décor de coquetterie : d'autant que ces pièces rares ne se trouvaient pas rassemblées par un geste spontané : la symphonie n'avait pas été improvisée. Les années avaient ajouté avec sagesse au premier fonds de la collection. Les porcelaines, les bronzes, les meubles, provenaient, en majeure partie, de la collection du prince Besborotko, grand chancelier de l'Empire pendant le règne de l'impératrice Catherine II ; il les avait acquis à la vente des biens nationaux en 1794 : or Mᵐᵉ Pierre Kotschoubey était née comtesse Besborotko.

A la mort de M. Pierre Kotschoubey, la collection passa par héritage aux mains de son fils unique, M. Basile Kotschoubey, le propriétaire actuel.

En 1895, M. Basile Kotschoubey vendit son hôtel de Saint-Pétersbourg et transporta sa collection, partie en son hôtel à Kiew, partie au château qu'il possède dans le gouvernement de Poltava.

Et nous arrivons à l'année 1905. Faute de place, une partie des objets d'art étaient restés dans des caisses, gardées en un magasin. A la fin de novembre 1905, la crise agraire éclate. Les paysans, dans un prurit de destruction, envahissent le magasin, défoncent les caisses, jettent au hasard de leur fureur aveugle les objets précieux qu'elles contiennent, comme si l'œuvre géniale des ouvriers d'antan, des travailleurs d'art des lointaines années, était pour quelque chose dans la résistance aux revendications sociales des forcenés !

Ils passèrent comme une trombe, laissant derrière eux des ruines. Et, chose digne de remarque, ces objets, nés à l'heure où en France bouillonnait la tempête libératrice de 1789, ces objets se trouvent victimes du tumulte des passions, en Russie, à cette date de 1905, qui marque de si importantes modifications dans la vie politique du grand Empire.

J'ai écrit : victimes; le mot n'est pas excessif. Les mesures prises par le gouvernement permirent au propriétaire de rentrer dans une partie de ses objets d'art, celle qui n'était pas perdue irrémédiablement. Sur dix-neuf vases en ancienne porcelaine de Sèvres, il n'en restait plus que six. De trois cent soixante-quinze plats et assiettes en anciennes porcelaines de Saxe, il ne restait plus que dix-neuf. D'admirables candélabres de Gouthière, dont le milieu était fait d'un vase de porphyre, des garnitures de cheminées d'après Clodion, d'autres objets encore, non moins remarquables, reçurent de graves blessures. Heureusement que, dans les désastres pareils, il est parfois des hasards protecteurs : au milieu des débris, il y avait des réchappés : tels les cartels, les flambeaux à bouquets de girandoles de l'époque Louis XVI, et d'autres objets que l'on remarquera à l'exposition et que les amateurs se disputeront ardemment aux jours d'enchères.

A Kiew, ou dans les coffres-forts du château, les meubles, de belles porcelaines, un grand bouillon de Sèvres, une collection de boîtes, des pièces rares d'argenterie, furent en sûreté, et le « pogrome » ne put les atteindre. Mais, pour le propriétaire, l'épreuve avait été rude; le décor enchanteur au milieu duquel il avait toujours vécu et dont chaque fleur lui rappelait un souvenir du passé, avait reçu des meurtrissures que rien, pas même le temps, ne sau-

rait cicatriser ; il y avait pour lui, plus encore qu'une perte matérielle, une atteinte morale, une de ces tristesses dont chaque objet réchappé viendrait aviver l'acuité : et c'est pour cela, c'est pour se dérober à une obsession pénible, que M. Kotschoubey s'est décidé à se séparer de la plus grande partie de sa collection, et à offrir au public français, en des enchères que l'occurence rendra plus solennelles, tous les objets d'ancienne provenance française.

Cela constitue encore un merveilleux ensemble, et les amateurs réserveront un accueil mêlé d'enthousiasme à un certain nombre de numéros du catalogue, qui, d'ailleurs, joignent à leur qualité intrinsèque un intérêt historique, ou, pour être plus exact, un intérêt en marge de l'histoire : il est des pièces, en effet, à l'occasion desquelles la curiosité s'éveille sur les personnes, et c'est comme un frisson de vie, un frisson d'humanité qui les pénètre.

Voici, par exemple, un bureau Louis XV, signé Joseph, avec son cartonnier, qui a appartenu au comte Rasoumowski, l'époux morganatique de l'impératrice Élisabeth de Russie, fille de Pierre le Grand ; voici un salon au point de chaînette, dont la broderie provient du mobilier de la reine Marie-Antoinette. Cette étoffe, jusqu'au milieu du siècle dernier, était montée sur son bois, qui portait l'estampille : « Garde-meuble de la Reine ». A la suite d'un partage entre le comte Besborotko et de son frère, le comte Koucheleff, le bois revint à ce dernier et fut, après sa mort, acquis par l'empereur Alexandre II. Il se trouve actuellement au Palais d'Hiver, à Saint-Pétersbourg ; la broderie fut, après ce partage, montée sur de vieux bois de l'époque ogivale, jusqu'au moment où M. Pierre Kotschoubey, la recevant avec la dot de sa femme, fit exécuter par l'ébéniste Liseray, qui était en réputation à Saint-Pétersbourg, des bois dans le style et d'après des dessins de l'époque. C'est sur ces bois que la broderie se trouve encore. Tous ces faits sont confirmés par une lettre du 17/30 janvier 1906, lettre de Mme la comtesse Moussine-Pouchkine, grande-dame de S. M. l'empereur de Russie, née Koucheleff-Besborotko et sœur de Mme Pierre Kotschoubey : la lettre est adressée à M. Basile Kotschoubey.

Citerai-je encore d'autres meubles en tapisserie, des commodes aux bronzes dorés et ciselés par des maîtres, des statuettes de bronze portant la signature de Righetti, qui eut son heure de célébrité *pendant le dernier quart du XVIIIe siècle, des boîtes en or, émaillées ou ornées de peintures, dont une, un chef-d'œuvre de Van Blarenberghe, quelques pièces d'orfèvrerie du XVIe siècle, des étuis, toute une série de montres anciennes d'invention très variée et de matières précieuses, une pendule à cadran horizontal, de très rares dentelles d'Alençon, d'Angleterre, de Milan, de Burano, ainsi que le volant en point de Venise, aux armes d'Autriche, qui fut offert à Marie-Antoinette à l'occasion de son mariage avec Louis XVI, de vieux gobelets et d'anciennes coupes en argent doré (orfèvrerie allemande des XVIIe et XVIIIe siècles), des émaux cloisonnés, des porcelaines, des bronzes et des ivoires, et des bois sculptés d'Extrême-Orient, enfin des pièces admirables en ancienne porcelaine des plus célèbres fabriques européennes.*

J'en ai dit assez : la vente de la collection de M. Basile Kotschoubey sera un événement à Paris, et les amateurs qui ne se verront pas adjuger l'une quelconque des richesses qu'elle renferme, garderont toujours le souvenir d'un des ensembles d'art les plus séduisants qui leur aient été montrés depuis longtemps.

L. ROGER-MILÈS.

25 Mai 1906.

Objets d'Art et d'Ameublement

ANCIENNES PORCELAINES
européennes

1 — BERLIN. Cafetière décorée d'un groupe d'amours en camaïeu, avec arabesques et godrons en dorure.

2 — BERLIN. Tasse couverte avec sa soucoupe, décorée, sur fond bleu turquoise, de sujets à personnages peints en camaïeu, dans le goût de l'antique. Bordures d'entrelacs en dorure.

3 — BERLIN. Service à thé ou café composé de douze tasses et soucoupes, cafetière, théière, pot à crème, sucrier, boîte à thé, beurrier et bol. Pâte à bordure gaufrée simulant la vannerie et décor de bouquets détachés en couleur.

4 — BERLIN. Déjeuner solitaire, composé d'un plateau, tasse et soucoupe, sucrier couvert, cafetière et crémier, décoré de médaillons à sujets dans le goût de l'antique, peints en grisaille sur fond brun. Encadrement à grecque en dorure ; bordure avec masques et palmettes en couleur sur fond rouge.

5 — CAPO DI MONTE. Coupe formée d'une coquille portée par un groupe de triton et sirène, décorée en couleur.

6 — CHANTILLY (pâte tendre). Tasse et sa soucoupe de forme lobée ; décor coréen.

7 — COPENHAGUE. Deux statuettes de femmes drapées à l'antique, en ancien biscuit. Signature : *Eneret. F. V.*

8 — FRANKENTHAL. Sucrière à poudre avec couvercle ajouré, en forme de balustre à godrons en spirale, décorée de bouquets de fleurs et bordures de grecques en camaïeu violet.

9 — FURSTENBERG. Tasse et sa soucoupe; décor à paysage.

10 — FURSTENBERG. Déjeuner tête-à-tête, composé de deux tasses et soucoupes, cafetière et sucriers couverts, pot à crème. Décor de monogrammes surmontés d'une couronne en guirlandes de fleurettes, avec bouquets détachés.

11 — HOCHST. Tasse et sa soucoupe, à décor de paysage.

12 — LILLE pâte tendre . Pot à fard avec son couvercle, décoré d'arabesques en bleu. Marqué : *L. L.*

13 — LOUISBOURG. Groupe de deux amours enguirlandant un vase, décoré en couleur.

14 — MEISSEN. Tasse et soucoupe, décorée de *marines* d'après J. *Vernet*, avec encadrements en dorure. — Tasse et soucoupe décorée de roses en camaïeu. — Tasse et soucoupe à décor chinois. — Tasse et soucoupe imitant le *Wedgwood*.

15 — MEISSEN. Tasse et soucoupe, à fleurs sur fond jaune. — Tasse et soucoupe, sujets de chasse et rehauts d'or. — Tasse et soucoupe, à décor de fleurs dans le goût coréen.

16 — MEISSEN. Tasse et soucoupe décorée, sur fond vert, de médaillons à personnages en couleur : sujets mythologiques. Bordures dorées.

17 — MEISSEN. Tasse couverte avec sa soucoupe, à fond gros bleu et médaillons en réserve peints en couleur d'après des compositions d'Angélica Kauffmann. Encadrements en dorure.

18 — MEISSEN. Tasse droite couverte et sa soucoupe, à fond gros bleu et médaillons en réserves peints en couleur à sujets mythologiques, sur la tasse : *Danaë*, sur la soucoupe : *Neptune et triton*. Encadrements en dorure.

19 — Meissen. Tasse droite couverte et sa soucoupe, à fond gros bleu et médaillons en réserve peints en couleurs, avec bordures en dorure sur la tasse et la soucoupe. Les sujets des médaillons sont indiqués au-dessous de chaque pièce.

20 — Meissen. Tasse couverte et sa soucoupe, à fond gros bleu et médaillons en réserve peints en grisaille de sujets mythologiques d'après Angélica Kauffmann. Bordure dorée.

21 — Meissen. Tasse et sa soucoupe, à fond gros bleu et médaillons en réserve sur fond blanc, offrant sur la tasse une vue de la ville de Dresde, avec la date : *5 mai 1813;* dans le fond de la soucoupe, une carte géographique. Bordure à entrelacs en dorure.

22 — Meissen. Vingt et une tasses et soucoupes Marcollini, à décor en couleur, de roses et fleurettes (légères différences de forme et décor).

23 — Meissen. Dix-huit tasses et soucoupes analogues aux précédentes.

24 — Meissen. Quinze tasses et soucoupes analogues aux précédentes.

25 — Meissen. Six tasses et huit soucoupes analogues aux précédentes.

26 — Meissen. Service à café, composé de dix-huit tasses et soucoupes, de forme contournée et lobée à décor de fleurettes, bouquets détachés et bordure festonnée.

27 — Meissen. Plateau-présentoir, à anse ou poignée, de forme contournée et trilobée, avec bord relevé, décoré de bouquets de fleurs en couleur.

28 — Meissen. Sucrier et crémier, décorés en couleur, de médaillons ovales : *Amours et attributs.* Bordures dorées.

29 — Meissen. Boîte à thé, décorée de réserves, avec fruits et dorure.

30 — MEISSEN. Boîte à thé, à décor de paysages maritimes et encadrement d'arabesques en couleur et dorure.

31 — MEISSEN. Deux bouteilles à long col, à six pans, à décor coréen en couleur.

32 — MEISSEN. Potiche avec son couvercle, à six pans, décorée de branchages fleuris, oiseaux et papillons en couleur.

33 — MEISSEN. Deux groupes à deux personnages, en ancien blanc.

34 — MEISSEN. Deux statuettes, décorées en couleur : le *Marchand de coquillages*, la *Marchande de légumes*.

35 — MEISSEN. Statuette figurant l'*Abondance*. Femme drapée, tenant une corne auprès d'un cartel avec écusson, fragment de surtout.

36 — MENNECY-VILLEROI pâte tendre. Pot à crème couvert, à côtes en spirales, décoré de bouquets de fleurs en couleur.

37 — NYON. Tasse et soucoupe, et flacon à décor de fleurettes.

38 — PARIS. Deux tasses et soucoupes, un encrier. Trois pièces variées de décor.

39 — PARIS. Petit vase couvert, orné de deux médaillons en couleur. Monture à mascarons et deux anses en bronze finement ciselé et doré. Contre-socle en marbre blanc.

40 — SÈVRES pâte tendre. Petite plaque ronde, décorée en couleur d'un sujet mythologique.

41 — SÈVRES pâte tendre. Deux tasses droites et soucoupes, à fond bleu turquoise avec réserves blanches décorées d'oiseaux en couleur ; bordures en dorure. Marque de Vincennes.

42 — SÈVRES pâte tendre. Petite tasse à deux anses avec sa soucoupe, à décor de petits bouquets détachés. Année 1759. Décor par Bertrand et Bienfait.

13 — SÈVRES (pâte tendre). Tasse et sa soucoupe, de forme lobée, à pâte gaufrée en relief de fleurettes et petits bouquets en camaïeu bleu.

14 — SÈVRES (pâte tendre). Petite tasse à deux anses et sa soucoupe, décorée de bandes festonnées à fond gros bleu et rinceaux en dorure ; dans les entre-deux, guirlandes de fleurettes en couleur. Année 1758. Décor par Taillandier.

15 — SÈVRES (pâte tendre). Petite tasse et sa soucoupe, à décor de fleurs en couleur sur fond bleu turquoise.

16 — SÈVRES (pâte tendre). Tasse et sa soucoupe, à décor de rayures blanches et feuillages roses sur fond vert rehaussé d'or.

17 — SÈVRES (pâte tendre). Petite tasse à fond bleu turquoise, décorée d'une réserve avec oiseau et feuillage, rehaussée d'or.

18 — SÈVRES (pâte tendre). Écuelle à bouillon avec son couvercle et son plateau, à fond gros bleu de roi avec rinceaux en dorure. Chacune des trois pièces offre deux médaillons en réserve très finement peints en couleur, à *Sujets pastoraux*, d'après des compositions de F. Boucher ou de J.-B. Huet. Chacun de ces médaillons est encadré d'une bordure de demi-perles en émail. Année 1781. Décor par Gérard.

19 — SÈVRES (pâte tendre). Soupière et son couvercle, de forme lobée, à fond vert et réserves blanches avec gros bouquets de fleurs en couleur. Monture en bronze ciselé et doré, à quatre pieds et deux anses à roseaux, dissimulant les accidents à la porcelaine.

Haut., 25 cent.

20 — SÈVRES (pâte tendre). Buire à fond vert, la panse à réserve blanche dentelée, décorée d'entrelacs, de couronnes de bleuets et de roses en couleur. Monture en bronze doré, à anse remplaçant celle en porcelaine qui n'existe plus.

Haut. totale, 42 cent.

51 — SÈVRES (pâte tendre). Vase dit *pot pourri*, couvert, offrant, sur fond bleu turquoise, deux médaillons en réserve avec bouquets de fleurs en couleur sur fond blanc, encadrés d'arabesques en dorure. Le couvercle est surmonté d'un fleuron en bronze ciselé et doré.

Haut., 25 cent.

52 — SÈVRES (pâte tendre). Vase à deux anses dorées et piédouche, à fond gros bleu, décoré sur la panse, en couleur, d'une composition à personnages et, au revers, d'un médaillon avec fleurs. Bordures et attributs en dorure. Il porte la marque de *Sèvres*, en toutes lettres, la date figurée par les lettres *u u*, ainsi qu'un *K*, signature du peintre *Dodin*.

Haut., 41 cent.

53 — SÈVRES (pâte tendre). Vase couvert, émaillé gros bleu de roi, monture en bronze ciselé et doré, à têtes de béliers et bordure ajourée d'entrelacs ; piédouche à godrons et laurier ; socle avec grecque.

Haut., 29 cent.

54 — SÈVRES (pâte dure). Déjeuner tête-à-tête ou service à chocolat, thé et café, composé de six tasses et soucoupes de trois grandeurs et formes variées, une théière et un sucrier couverts, un bol et un pot à crème. Décor à fond vert d'eau et médaillons ovales avec double L entrelacé, couronné et enguirlandé de roses.

55 — SÈVRES (pâte dure). Vase de forme antique, à deux anses. Il est à fond d'or bruni semé de roses en couleur et offre, sur chaque face, un médaillon avec bouquets de fleur sur fond blanc. Marqué de la période de la République.

56 — SÈVRES (pâte dure). Vase couvert, de forme ovoïde, à piédouche, décoré en couleur sur la panse, d'un côté, médaillon avec paysage maritime et personnages ; de l'autre, bouquet de fleurs. Fond vert à œil-de-perdrix. Anses ajourées et guirlandes de laurier en dorure.

Haut., 40 cent.

3500 — Gustave / Desachre

57 — SÈVRES (pâte dure). Vase de forme ovoïde avec piédouche, faisant partie de la même garniture que le précédent, décoré en couleur, sur la panse, de quatre médaillons formant saillie sur le corps du vase, dont deux à paysages maritimes et deux à bouquets de fleurs. Ces médaillons semblent retenus au col par des cordages et sont enguirlandés de laurier. Fond vert à œil-de-perdrix. La date est indiquée par les lettres *hh* : le décor est de Rosset, la dorure de Prévot.

Haut., 29 cent.

340 — Zarifi

58 — SÈVRES. Deux plaques rectangulaires en hauteur, avec pans coupés en biscuit, offrant les figures de *Neptune* et *Amphitrite*, en bas-relief blanc sur fond bleu. Cadres en bronze ciselé et doré. Fin du XVIIIe siècle.

50 —

59 — TOURNAI (pâte tendre). Tasse droite et sa soucoupe, avec chiffres en dorure sur la tasse.

400 — Van Goidsen...

60 — TOURNAI (pâte tendre). Pot à crème, décoré sur fond quadrillé de médaillons à fleurs en couleur sur blanc. Marqué.

1800 — Ralgersdorf

61 — VIENNE. Tasse couverte à deux anses, avec son présentoir à fond rose piqué d'or, ornée de rinceaux en dorure. Sur la tasse, deux médaillons à sujets de jeux d'enfants, d'après Hamilton, en couleur.

135 —

62 — VIENNE. Tasse droite et sa soucoupe, à riche décor de médaillons en couleur à sujets mythologiques ; rinceaux et bordures en dorure sur fond de couleur.

1000 — Leroux de l'Isle

63 — VIENNE. Tasse droite et sa soucoupe, décorée de compartiments à sujets de paysages en dorure.

600 — Zarifi

64 — VIENNE. Plateau ovale, à bord relevé et ajouré, simulant la vannerie, décoré sur fond vert d'un médaillon peint en grisaille, à sujet allégorique, par *Lamprecht*, d'après Aug. Kauffmann. Signé et daté : *1790*.

3500 — Ralgersdorf

65 — VIENNE. Vase couvert, en forme d'urne à deux anses, décoré d'arabesques et rinceaux en dorure ; sur chaque face, un médaillon losange, avec petits amours en couleur sur fond d'or.

Haut., 31 cent.

66 — VIENNE. Paire de vases à deux anses, décorés d'arabesques en dorure sur fond lie de vin.

67 — VOLKSTADT. Cafetière décorée de fleurs, en couleur.

68 — VOLKSTADT. Petite soupière ovale à deux anses, avec son couvercle et son plateau, décorée de paysages peints en camaïeu.

69 — WEDGWOOD. Tasse droite et sa soucoupe en biscuit, fond rose, avec têtes de béliers enrubannées, reliées par des guirlandes de fleurs en relief.

70 — WEDGWOOD. Vase, forme brûle-parfum, à trépied à décor en relief blanc sur fond bleu.

ANCIENNES PORCELAINES
de la Chine, du Japon, etc.

71 — COMPAGNIE DES INDES. Grosse potiche couverte à décor en couleur de nœud de ruban, corbeilles fleuries et papillons, fond blanc et rehauts d'or.

72 — CHINE. Quatre petites bouteilles et une petite coupe en céladon bleu turquoise. KANG-HI.

73 — CHINE. Huit tasses et soucoupes, variées de décors.

74 — CHINE. Bol décoré intérieurement de fleurs en couleur et extérieurement de branches fleuries, avec lambrequin en dorure sur fond rouge. KIEN-LONG.

75 — CHINE. Deux bols décorés intérieurement d'un lambrequin, et revêtus extérieurement d'émail cloisonné en couleur avec médaillons à fleurettes. KIEN-LONG.

76 — CHINE. Boîte couverte à décor d'arabesques et grecques en couleur sur fond gravé. KIEN-LONG.

77 — CHINE. Théière couverte à anse et bec en forme de chimère, décorée en émaux de couleur et lambrequin, paysage et animaux. KIEN-LONG.

78 — CHINE. Buire à anse et long bec, décorée en émaux de couleur ; sur la panse, deux médaillons avec scènes familiales, encadrés de branches fleuries. KHANG-HI.

79 — CHINE. Grand bol en céladon gris craquelé. Monture en bronze ciselé et doré en forme de brûle-parfum tripode.

80 — CHINE. Bouddha accroupi en vieux blanc. KHANG-HI.

81 — CHINE. Magot debout décoré en couleur de fleurettes sur fond rose et jaune avec bordure bleue. KIEN-LONG.

Haut., 25 cent.

82 — CHINE. Coupe libatoire, décorée en émaux de couleur. KHANG-HI.

83 — CHINE. Grosse potiche couverte décorée en bleu sur fond blanc d'arbustes et d'oiseaux.

Haut., 56 cent.

84 — CHINE. Vase en céladon décoré sur fond violet, de réserves avec motifs en léger relief de branchages, fleurs et insectes en laque d'or.

85 — CHINE. Vase décoré de personnages, palmier, rocher et caractères chinois. MING.

86 — CHINE. Petit vase rouleau à fond bleu fouetté et décor en dorure. KHANG-HI.

87 — CHINE. Grand vase balustre, en céladon à fond bleu, en partie craquelé blanc sur la panse, décoré en couleur de paysages, monture de style Louis XV, en bronze ciselé et doré.

88 — CHINE. Deux grands vases rouleaux en céladon craquelé ; monture en bronze patiné.

Haut., 68 cent.

89 — CHINE. Grand vase cornet décoré en émaux de couleur de pivoines et oiseaux. KIEN-LONG.

90 — CHINE. Vase couvert décoré sur fond d'or, de fleurs et feuillages en émaux de couleur disposés en quadrille. KIEN-LONG. Monture en bronze patiné.

91 — CHINE. Vase cornet décoré en couleur d'arabesque sur fond rouge. KIEN-LONG.

92 — CHINE. Vase, forme nénuphar, en céladon bleu turquoise. KUANG-HI.

93 — JAPON. Deux statuettes en grès imitant le bronze : guerrier et poussah.

94 — JAPON. Grand plat rond à décor de fleurs en bleu avec lambrequins au marli.

95 — JAPON. Paire de potiches couvertes à décor de branchages fleuris dans des réserves sur fond de couleur.

96 — JAPON. Paire de grands vases-cornets à base renflée, décorés en rouge, vert et or d'arbustes fleuris et oiseaux.

Haut., 59 cent.

97 — JAPON. Paire de grosses potiches couvertes, décorées en bleu, rouge et or d'arbustes fleuris et de lambrequins à compartiments. Couvercles dépareillés.

Haut., 80 cent.

98 — SATZUMA. Brûle-parfum à deux anses et trois pieds, décoré par bandes horizontales de quadrillés variés en couleur.

99 — SATZUMA. Divinité sous les traits d'une figure humaine debout, revêtue d'une tête de dragon, décorée en couleur et dorure.

100 — SATZUMA. Vase forme gourde à deux anses, à décor de paysage avec personnages.

101 — SATZUMA. Deux grands vases décorés de bouquets de fleurs et grecque à la base.

102 — PRASE. Six plaques de revêtement, décorées de cavaliers en bas-relief ou de caractères sur fond d'arabesques.

ANCIENS ÉMAUX CLOISONNÉS
de la Chine

103 — ORNEMENT DE PAGODE, formé d'un disque reposant sur un support fait d'une tige à base circulaire portant une fleur de lotus, décoré de fleurs et ornements divers en couleur.

104 — Deux oiseaux émaillés en couleur sur socles en bronze.

105 — VASE-JARDINIÈRE, de forme hémi-sphérique, décoré en couleur.

106 — BRULE, à fond bleu turquoise chargé de fleurs et arabesques émaillées en couleur (incomplète).

107 — JARDINIÈRE, de forme oblongue, à deux anses, ornée sur fond bleu, de fleurs et rinceaux en couleur.

108 — VASE-JARDINIÈRE, de forme carrée, à fond bleu turquoise, orné sur chaque face de rochers, fleurs, volatiles et animaux en couleur.

109 — PETIT VASE, forme ovale, à deux anses, à fond bleu turquoise, chargé de fleurs, arabesques et lambrequins en couleur.

110 — PETIT VASE, à fond bleu turquoise, émaillé en couleur de fleurs et d'arabesques ; bordure supérieure en bleu lapis, lambrequin antérieur polychrome.

111 — VASE-BALUSTRE, à fond bleu turquoise, émaillé en couleur de fleurs et arabesques. Sur chaque face, médaillons avec dragon sur fond bleu lapis.

112 — Paire de vases, décorés sur fond bleu du dragon à cinq griffes rouge et or, et de lambrequins jaunes; anses à têtes d'éléphants, base à quatre pieds formés de chimères.

113 — Vase à décor en couleur de petites réserves et oiseaux sur fond bleu.

114 — Deux petites potiches couvertes, ornées en couleur de feuillages, fleurs et autres ornements disposés en quadrillé.

115 — Vase, en forme de gourde, complètement ajouré, en cuivre doré à entrelacs. Il est orné au col, à la base, ainsi que sur les renflements, de médaillons avec fleurs en émaux de couleur sur fond bleu turquoise.

116 — Deux vases-cornets, à section carrée avec renflement médian, et partie supérieure évasée avec arêtes aux angles en forme de grecques. Ils sont décorés de fleurs et arabesques en couleur sur fond bleu.

BRONZES ANCIENS
de l'Extrême-Orient

117 — Paire de flambeaux, forme balustre, avec chimère, en bronze patiné.

118 — Brûle à anse et bec, en bronze gravé, ciselé et doré.

119 — Divinité bouddhique : figure d'homme accroupi, en bronze doré, orné de motifs en gravure. Socle en bois découpé.

120 — Deux statuettes de Chinois debout, en bronze patiné, sur socles en bois de fer découpé à jour et figurant des rochers.

121 — Petit brûle-parfum tripode, avec son couvercle, en bronze ciselé, gravé et doré.

65 —
Berly

55 —

100 —
Berly

170 —
Berly

30 —

122 — Jardinière de forme lobée, en bronze patiné, à trois pieds formés de Chinois accroupis.

123 — Deux vases analogues, en bronze patiné, à deux anses, ornés en relief, d'arbustes et de volatiles.

124 — Petit vase à deux mascarons et reposant sur trois pieds en bronze incrusté d'or.

125 — Vase de forme circulaire, à deux anses, en bronze patiné, incrusté d'or, à fleurs et papillons. Couvercle surmonté d'une figure de Chinois assis.

126 — Vase cylindrique en bronze patiné, orné de trois médaillons à feuillages et animaux; fond quadrillé. Couvercle surmonté d'un dragon avec petite figure de Chinois.

SCULPTURES

en ivoire, bois, etc., de l'Extrême-Orient

65 —

35 —

255 —
Lasquier

60 —

30 —
20 —

127 — Boîte ronde en laque rouge de Pékin, sculptée en bas-relief de sujets à fleurs et personnages.

128 — Boîte ronde en écaille sculptée sur ses deux faces, ainsi qu'au pourtour, de paysages chinois avec pagodes et petites figures.

129 — Poisson accroupi, lutiné par des enfants, en bois sculpté, avec son socle.

130 — Sceptre de mandarin, en bois sculpté, orné de trois petites plaques en jade taillé en bas-relief, à sujets de personnages.

131 — Deux couverts chinois, dont un dans sa gaine en émail cloisonné, fond bleu turquoise, avec fleurs en couleur. — Mesure chinoise, en bois sculpté à motifs de fleurs, animaux, barques, etc.

132 — Sceptre de mandarin, en ivoire sculpté à jour, formé d'un bambou fleuri, sur support en bois de fer ajouré.

133 — Autre sceptre en buis sculpté à feuillage ajouré.

134 — Pyxis en ivoire sculpté : paysage avec pagode et personnages en bas-relief.

135 — Tête de mort, avec grenouille et serpent en ivoire sculpté.

136 — Bas-relief en ivoire sculpté : paysage avec pagodes, cavaliers, petites figures, fond montagneux.

137 — Groupe de singes sur un arbre, en ivoire sculpté et découpé à jour.

MATIÈRES DURES
Agate, Cristal de roche, Jade, etc.

138 — Petite coupe, de forme allongée, avec anse et socle figurant des poissons, en cristal de roche taillé.

139 — Groupe en cristal de roche taillé avec parties ajourées : tortue et grenouilles.

140 — Chimère debout sur base rectangulaire, en cristal de roche taillé.

141 — Chimère debout en cristal de roche taillé.

142 — Vase à section rectangulaire avec couvercle, accompagné d'un autre petit vase, dans les branchages d'un Leng-chy, en cristal de roche taillé. Socle en bois de fer.

143 — Vase à section rectangulaire avec pans coupés, à deux anses formées de chimères et couvercle ajouré, en cristal de roche taillé, sur socle de même matière.

144 — Vase analogue au précédent, mais plus petit, de même matière.

78— 145 — Petite coffre en agate taillée et agrémentée de branchages.

146 — Vase figurant un tronc d'arbre, en matière dure blanche, avec branchages fleuris de pavots en rose. 750—

Languéel 147 — Coupe formée de trois fleurs sculptées, en matière dure.

1100— Mlle Jacobsen 148 — Coupe unie, de forme évasée, en matière dure taillée.

100— 149 — Petite écritoire, formée de feuillages et fruit en jade gris verdâtre.

600— Lasquin 150 — Encrier, formé d'une figurine de vieillard couché et adossé au godet, en jade vert. Socle à quatre pieds en bois de fer.

100— Pauline 151 — Figurine de Chinois debout, portant une branche de fruits, en jade taillé en bas-relief.

130— Vitali 152 — Boîte circulaire en jade clair, figurant une couronne décorée d'entrelacs en léger relief. Socle en bois de fer.

50— 153 — Petite coupe avec anse formée d'une chimère, en jade veiné.

130— 154 — Deux petites coupes rondes en jade, gravées de branchages fleuris.

220— 155 — Petite coupe en jade, à deux anses découpées à jour, ornée de feuillages gravés, sur plateau rectangulaire à coins arrondis, gravé de dragons enroulés.

260— Pauline 156 — Coupe circulaire en jade, à deux anses ajourées et quatre pieds, décorée à l'intérieur et à l'extérieur de branches fleuries en relief.

105— 157 — Grande coupe ronde unie en jade.

325— Hamburger 158 — Coupe ronde à deux anses formées de chimères, en jade vert.

135— 159 — Bouton en forme de buisson, avec oiseaux et volatiles divers dans des branchages fleuris et ajourés. Jade gris clair taillé.

160 — PLAQUE, forme feuille, en jade découpé à jour et gravée à feuillages et ornements divers.

161 — BRÛLE-PARFUM à deux anses à anneaux détachés et quatre pieds, avec son couvercle, en jade gris, gravé d'ornements divers et de chimères sur le vase et de feuillage ajouré sur le couvercle.

162 — PETIT VASE, forme bouteille, en jade vert, taillé et gravé en relief à fleurs et feuillages.

163 — PETIT VASE, forme bouteille, en jade taillé et gravé à fleurs.

164 — VASE AIGRON en jade clair, taillé et ajouré, décoré de personnages dans un paysage. Socle en bois de fer.

OBJETS DE VITRINE

Boîtes, Tabatières, Miniatures, Éventails, etc.

165 — ÉVENTAIL offrant, peint à la gouache sur papier, un *Concert pastoral*. Monture en nacre découpée à jour, ornée de figures en bas-relief et de rocailles rehaussées de dorure. Époque Louis XV.

166 — ÉVENTAIL offrant, peints à la gouache sur papier, des *Sujets pastoraux*, en trois compartiments; fond argenté avec paillettes. Belle monture en écaille ajourée, gravée et rehaussée d'or et d'argent. Époque Louis XV.

167 — MINIATURE sur vélin de forme ovale, portrait présumé de *l'Impératrice Catherine* de Russie. Cadre en cuivre doré plaqué de nacre. XVIIIᵉ siècle.

168 — MINIATURE sur ivoire de forme ronde, portrait de jeune femme, la poitrine décolletée et le buste enveloppé d'une écharpe bleue; elle porte dans le bas, à gauche, la signature de *Du Bois*. Commencement du XIXᵉ siècle.

169 — MINIATURE sur ivoire, de forme rectangulaire à pans coupés, portrait de jeune femme en corsage de mousseline décolleté, la poitrine ornée d'un collier de corail. Commencement du XIXe siècle.

Comte de Salverté

170 — ÉTUI à aiguilles en ancienne porcelaine de Saxe, décoré, sur fond à imbrications violettes, de quatre médaillons en réserve ornés de *Petits amours sur des nuages*. Monture en argent doré. Époque Louis XV.

Gradt

171 — ÉTUI à aiguilles, de forme cylindrique, en ancienne porcelaine de Saxe, décoré de branches de vigne chargées de raisins; monture en or. Époque Louis XV.

310 — Gradt

172 — DRAGEOIR de forme contournée, en ancienne porcelaine blanche de Saxe, à pâte gaufrée en relief. Le revers du couvercle offre un sujet peint en couleur : *La Chasse au sanglier*. Époque Louis XV.

Klausner

173 — TABATIÈRE de forme contournée, en ancienne porcelaine de Saxe, offrant, sur le dessus, un portrait en buste de l'*Impératrice Elisabeth de Russie*, en couleur sur fond blanc. Sur le pourtour, le dessous, ainsi que sur le revers du couvercle, sont peintes des *Marines*. Monture à charnière en or mouluré. Époque Louis XV.

J. S. Goldschmidt

174 — TABATIÈRE rectangulaire en ancienne porcelaine de Saxe, offrant, sur chacune de ses faces, des sujets de chasses avec personnages en couleur. L'intérieur du couvercle est décoré d'une composition figurant un *Rendez-vous de chasse*. Monture à charnière en or ciselé à rocailles et fleurs; sur l'un des angles du couvercle, à l'extérieur, sont des armoiries, et à l'intérieur, l'inscription : BONNE AMIE. XVIIIe siècle.

Grange

175 — ÉTUI-NÉCESSAIRE de forme prismatique carrée, en cristal incrusté et posé d'or et de burgau, à sujets de paysages ou d'objets mobiliers, dans le goût chinois, disposés par compartiments. Monture à charnière en or guilloché et ajouré. Époque Louis XV.

de Surany

176 — Étui à aiguilles de forme cylindrique à extrémités arrondies, décoré au vernis Martin de quatre médaillons avec *Amours*; garniture en or. Époque Louis XV.

177 — Boîte rectangulaire, entièrement décorée de peintures au vernis Martin, à sujets de personnages avec ornementation variée. XVIIIᵉ siècle.

178 — Étui à écrire, décoré au vernis Martin de sujets à fleurs et animaux avec bordure d'argent filigrané; il renferme le godet à encre et le porte-plume en argent doré. XVIIIᵉ siècle.

179 — Étui nécessaire avec flacon et divers accessoires, monté en argent gravé et décoré au vernis de peintures à sujets d'enfants. XVIIIᵉ siècle.

180 — Tabatière ovale en écaille brune piquée et posée d'or, à sujets de figures de femmes et amours au milieu d'arabesques. Monture en or. Époque Louis XV.

181 — Boîte de forme ovale en écaille brune piquée d'or, à motifs de branches fleuries et d'arabesques; elle est doublée intérieurement d'argent doré. XVIIIᵉ siècle.

182 — Tabatière ronde en écaille blonde piquée d'or et garnie de cercles à torsade en or. Elle est ornée sur le dessus d'un sujet à *Ballon* et représentant l'enlèvement d'une mongolfière devant une foule de spectateurs; au-dessous se lit l'inscription : A l'immortalité. Époque Louis XVI.

183 — Boîte de forme ovale en ivoire sculpté, à sujets de chasses en bas-relief, encadrés de motifs à rocailles, feuillages et attributs divers. Monture en argent doré. XVIIIᵉ siècle.

184 — Boîte de forme contournée en argent doré, ornée, sur le dessus et le dessous, de compositions à rocailles et petits amours. Époque Louis XV.

185 — Boîte de forme contournée en argent doré, ornée, sur toutes ses faces, de sujets à rocailles, amours et animaux. Époque Louis XV.

186 — Boîte à mouches, de forme rectangulaire, renfermant à l'intérieur cinq compartiments dont l'un est garni de deux petits flacons, en nacre ornée sur cinq faces de sujets à personnages posés d'argent ou d'or. Monture en argent gravé. XVIIIᵉ siècle.

187 — Boîte à mouches, de forme rectangulaire, renfermant à l'intérieur deux petits compartiments, en nacre ornée de motifs argentés à personnages et animaux encadrés de rocailles. Monture en argent. XVIIIᵉ siècle.

188 — Etui-flacon en agate gravée à rocailles, monture à charnière en argent doré. Époque Louis XV.

189 — Flacon de forme contournée en spath-fluor; monture en argent doré. XVIIIᵉ siècle.

190 — Boîte de forme ovale en marbre, ornée, sur le dessus, d'un sujet sculpté en bas-relief : bergère et moutons au milieu de rocailles; des branchages en or avec pierreries incrustées l'enrichissent. XVIIIᵉ siècle.

191 — Boîte ovale en spath-fluor, ornée d'incrustations diverses et d'or, à motifs d'attributs militaires et cartouches chiffrés et armoriés avec inscriptions. Monture en argent doré. XVIIIᵉ siècle.

192 — Boîte de forme oblongue en spath-fluor, décorée, sur le dessus et au pourtour, de monuments en ruines figurés par des incrustations d'or, de nacre et autres matières. XVIIIᵉ siècle.

193 — Boîte de forme contournée, faite de deux plaques de pierre dure; le dessus gravé simule un paysage montagneux avec petites figures et animaux en émail ; sujet de chasse. Monture en or guilloché et ciselé enrichie de brillants.

194 — Tabatière ovale en or, composée d'échantillons d'agates et de nombreuses variétés de pierres dures serties d'or et disposées en réseau; au-dessus de chaque fragment est un numéro gravé correspondant à un catalogue des diverses variétés; bordures gravées. XVIIIᵉ siècle. Une boîte analogue figure sous le n° 19 dans la collection Ph. Lenoir, au Louvre.

195 — Petite coupe à anse, en agate, sur base en argent doré formée d'un lambrequin ajouré enrichi de pierreries, perles et turquoises.

196 — Coupe de forme oblongue en agate; monture en argent à deux anses-chimères et base godronnée.

197 — Flacon de forme sphérique en cristal taillé; monture à cage en or à motifs de rocailles fleuries avec devise émaillée sur fond blanc au col: *J'aurai vous l'orne.*

198 — Boîte rectangulaire en or, offrant, sur le dessus, une composition allégorique avec deux figures, encadrée de rocailles en relief, et, sur le pourtour, d'arabesques avec fleurs et écureuil. Époque Louis XV.

199 — Boîte de forme oblongue en or; elle offre, sur toutes ses faces, des sujets de chasses en relief d'ors de couleur sur fond gravé rayonnant, avec encadrement de rocailles et de feuillages. Époque Louis XV.

200 — Boîte ovale en or ciselé, ornée, sur ses deux faces, d'un médaillon en ors de couleur à sujet pastoral, et, au pourtour, de quatre petits médaillons ronds avec attributs divers. Bordures guillochées à feuillages et petits pilastres enguirlandés. Époque Louis XVI.

201 — Très jolie boîte de forme contournée en or, décorée de rinceaux fleuris en gravure.

202 — Tabatière de forme rectangulaire en or guilloché, ornée, sur le dessus, d'un vase fleuri encadré de rinceaux à feuillages. Époque de la Restauration.

203 — Tabatière ronde en or guilloché, montée à cage. Elle est ornée, sur le dessus et au pourtour, de cinq gouaches d'une extrême finesse d'exécution et de la plus belle qualité par *Van Blarenberghe*. La plus importante de ces gouaches, celle peinte sur le couvercle, représente une *Partie de campagne*, composition avec une multitude de petits personnages dans un

paysage, porte la signature du maître, dans le bas, à droite ; les quatre autres, plus petites, de forme rectangulaire et décorant entièrement le pourtour de la tabatière, représentent : *une Fête villageoise, la Danse de l'ours, les Saltimbanques, la Joûte sur l'eau.* Époque Louis XVI.

Dim. de la gorge du couvercle : 52 millim.
Dimensions des petites gorges : haut., 18 millim.; larg., 28 millim.

204 — Petite boîte de forme oblongue, en or émaillé en couleur, ornée, sur le dessus, d'un sujet : *Jeunes enfants donnant à manger à des canards.* Travail de Genève du XVIIIᵉ siècle.

205 — Boîte de forme oblongue à côtés arrondis, ouvrant à deux compartiments inégaux, en or émaillé bleu avec filet blanc. Époque Louis XVI.

206 — Tabatière ovale en or guilloché, ciselé et émaillé, offrant sur les deux faces, ainsi qu'au pourtour, des sujets maritimes en camaïeu ; encadrements de filets, pilastres, fleurons et cordons de perles en émaux de couleur. Époque Louis XVI.

MONTRES ANCIENNES
des XVIIᵉ, XVIIIᵉ et XIXᵉ siècles

207 — Montre en argent à sonnerie, entièrement gravée et ajourée, à motifs de rinceaux avec oiseaux et feuillages. Travail anglais du XVIIᵉ siècle.

208 — Montre de forme ovale en cuivre doré et argent, à cadran métallique marquant les quantièmes, jours de la semaine, etc. XVIIᵉ siècle. Elle est accompagnée d'une petite breloque : pistolet.

209 — Montre en argent à cadran tournant pour les heures, et demi-cadran gradué pour les minutes, dans un boîtier en argent gravé à arabesques et doré. XVIIᵉ siècle. Chaîne-pendeloque ornée de deux petites plaquettes en biscuit blanc sur bleu.

210 — Montre de forme ovale en cuivre doré et argent; cadran métallique à aiguille unique, XVII° siècle.

211 — Montre à double boîtier en argent repercé à jour et gravé à arabesques et armoiries au centre. Travail anglais du commencement du XVIII° siècle. La montre est accompagnée d'une chaîne-pendeloque en argent à coquilles avec trois clés en breloques.

212 — Montre à double boîtier en or repercé à jour, gravé et repoussé à compartiments avec ornements divers et petits bustes. Mouvement de *Gurtis*, à *Londres*, XVIII° siècle.

213 — Montre avec son boîtier en argent repercé et repoussé, avec sujet allégorique à personnages au milieu de rocailles. Travail anglais du XVIII° siècle.

214 — Montre à double boîtier en or repercé à jour et repoussé, avec sujet mythologique : *Mars et Vénus*, au milieu de rocailles. Époque Louis **XV**.

215 — Montre à double boîtier en or repercé, gravé et repoussé, avec sujet allégorique à personnages au centre de rocailles. Époque Louis XV.

216 — Montre en or ciselé, orné, au revers du boîtier, d'un groupe de fruits et perroquet au milieu de rocailles fleuries en ors de couleur. Époque Louis XV.

217 — Montre en or guilloché à médaillon et guirlandes de fleurs et laurier. Mouvement de *Lépine*. Époque Louis XVI.

218 — Petite montre en or guilloché et émaillé au revers ; encadrement de demi-perles sur les deux faces. Elle est accompagnée d'une chaîne-châtelaine en or émaillé en couleur avec amours. Genève, fin du XVIII° siècle.

219 — Petite montre en or, offrant, au revers émaillé en plein, un buste de jeune femme tenant une lyre. Encadrement de demi-perles sur les deux faces. Genève, fin du XVIII° siècle.

220 — Montre, en or ciselé et émaillé en couleur. Le revers du boîtier offre, émaillé en plein, un médaillon ovale à sujet allégorique avec plusieurs figures. Mouvement de *Blonnay*, Genève, fin du XVIIIe siècle.

221 — Boîte de montre, formant médaillon, en or émaillé en plein, orné sur ses deux faces d'un buste et d'une figure de femme assise en couleur. Encadrement de demi-perles. Genève, commencement du XIXe siècle.

222 — Montre à double boîtier en or avec médaillon gravé à armoiries et devise. Commencement du XIXe siècle. Chaîne-pendeloque à doubles maillons et clé.

223 — Montre enfermée dans un petit panier en or, ouvrant à charnière et émaillé en couleur. Elle forme breloque et est suspendue à une chaîne en or.

224 — Montre en forme de coquille ouvrant à charnière, en or guilloché émaillé en couleur.

225 — Montre en or émaillé en couleur en forme de tulipe, manque d'émail.

226 — Montre en or émaillé en couleur et figurant un œillet.

227 — Montre forme breloque ovoïde, ouvrant à charnière, en or guilloché et émaillé bleu et blanc, manque d'émail.

228 — Montre-berloque, forme poire, ouvrant à charnière, en or guilloché et émaillé en couleur; cercle de demi-perles.

229 — Montre analogue à la précédente, mais ouvrant à plusieurs compartiments, dont l'un forme flacon, or guilloché émaillé en couleur.

230 — Petite montre-berloque, en forme de fruit, en or, ouvrant à charnière.

231 — Petite montre, de forme analogue à la précédente, en or guilloché, gravé et en partie émaillé en couleur.

232 — Petite montre, de forme sphérique, ouvrant à charnière, analogue aux précédentes, en or à facettes, et petits médaillons émaillés sur fond bleu.

233 — Montre-berloque en forme de mandoline, or guilloché émaillé en couleur.

234 — Montre-berloque, de même forme et de même matière que la précédente.

ANCIENNE ORFÈVRERIE ALLEMANDE
des XVIIᵉ et XVIIIᵉ siècles

235 — Petit plat. Argent doré.

De forme contournée à bordure moulurée; marli à lambrequin avec petits médaillons d'amours en bas-relief.

Diam. 22 cent.

236 — Plat. Argent doré.

De forme ronde, orné au centre d'un bouquet de fruits gravé et au marli de trois médaillons avec bustes en profil d'empereur romains, reliés par des rinceaux de feuillages.

Diam. 34 cent.

237 — Moutardier avec sa cuiller à moutarde. Argent doré.

Le couvercle et les anses décorés d'arabesques en gravure; sur le dessus, amour dans un médaillon.

238 — Calice. Argent en partie doré.

La tige, à balustre hexagone, repose sur la base avec lambrequin et porte le calice à trois médaillons, avec profils sur fond d'arabesques ajourées.

Haut. 23 cent.

239 — Calice. Argent doré.

Entièrement décoré d'arabesques et ornements divers exécutés en repoussé.

240 — COUPE. Argent en partie doré.

De forme renflée, avec panse ornée de feuillages et fruits exécutés en repoussé.

241 — COUPE. Argent doré.

La tige à godrons repose sur une base à compartiments décorés d'ornements en gravure et porte le calice orné de lambrequins gravés.

242 — COUPE. Argent doré.

De forme analogue à la précédente, mais lobée.

243 — COUPE. Argent en partie doré.

En forme de coquille, surmontée d'une figurine d'enfant : elle est supportée par une statuette d'homme debout reposant sur un pied orné de feuillages en repoussé.

Haut. 25 cent.

244 — COUPE. Argent doré.

Le calice, de forme évasée, offre à sa partie supérieure un cours d'arabesques gravées en creux ; à sa base, un renflement à doubles godrons en forme de cœurs ; la tige est ornée de mascarons, draperies et arabesques ; base moulurée et ornée

Haut. 14 cent. 1 2.

245 — COUPE. Argent doré.

De forme ronde à douze lobes, décorés alternativement de sujets à personnages, de fruits et de bustes en profil. Anses mouvementées à cariatides d'enfants se terminant en volutes ; base à godrons avec fruits.

Diam. 22 cent. 1 2.

246 — COUPE. Argent en partie doré.

Le calice, évasé, est en forme de tulipe ouverte ; la tige, à figurine d'enfant supportant trois petites consoles ajourées ; la base, figurant un fleur renversée, présente des godrons exécutés en repoussé.

Haut. 31 cent.

247 — GRANDE COUPE circulaire couverte. Argent en partie doré.

La panse est ornée de deux rangs de médailles reliées par des arabesques ; elle est à deux oreilles, avec mascarons ailés et feuillages, et repose sur trois pieds à griffes ; le couvercle, de décor analogue, muni également de trois pieds, peut, étant retourné, servir de plateau ou présentoir.

Diam., 27 cent.; haut., 17 cent.

248 — DEUX PETITS GOBELETS. Argent en partie doré.

En forme de vases avec piédouches, ils sont ornés de médailles, sur fond d'ornements repoussés.

249 — GOBELET. Argent doré.

De forme cylindrique évasée, à motifs de feuillages exécutés en repoussé.

250 — GOBELET. Argent en partie doré.

De forme cylindrique, il est orné de trois médaillons à sujets allégoriques, avec encadrements et devises, exécutés en gravure. A la partie supérieure, on lit l'inscription : Nosse . Deum . et . Bene . posse . mori . Sapientia . Summa . esta . 1.6.0.5.

251 — GOBELET. Argent doré.

De forme cylindrique, à deux rangées de godrons avec coquilles ; le bord à sept lobes ornés de gravures.

252 — GOBELET. Argent doré.

De forme cylindrique légèrement évasée, il est orné de feuillage en repoussé et repose sur trois pieds à boule.

253 — GOBELET. Argent en partie doré.

En forme de vase à piédouche, il est orné sur la panse de médailles sur fond d'arabesques en rocailles, exécutées en repoussé.

254 — GOBELET. Argent doré.

De forme lobée et renflée à la panse décorée de sujets de chasse et de motifs fleuris, encadrés de rocailles.

255 — GOBELET. Argent doré.

De forme évasée, orné de quatre médaillons dans des cartouches exécutés en repoussé ; base avec ornementation gravée.

256 — GOBELET. Argent en partie doré.

De forme évasée, avec deux écussons gravés.

257 — GOBELET. Argent en partie doré.

La panse est ornée de rinceaux en repoussé, et il repose sur trois pieds à boule.

258 — GOBELET. Argent en partie doré.

De forme cylindrique, sur trois pieds à griffes, la panse décorée en gravure de fruits et feuillages, sur fond niellé.

259 — GOBELET. Argent en partie doré.

Analogue au précédent, mais un peu plus grand.

260 — GOBELET. Argent.

De forme évasée, orné en repoussé de cartouches à rocailles, avec fleurs et volatiles.

261 — GOBELET. Argent en partie doré.

De forme évasée, à feuillages en repoussé, et trois pieds à boule.

262 — GOBELET. Argent en partie doré.

De forme évasée et décoré en repoussé de rinceaux et de godrons en creux.

263 — GOBELET couvert. Argent doré.

De forme cylindrique, la panse décorée en gravure, reposant sur trois pieds à griffes.

264 — DOUBLE GOBELET en forme de tonnelet. Argent.

Ce tonnelet s'ouvre par le milieu en deux parties, il est orné, sur le dessus et le dessous, d'armoiries gravées, avec la date : *1608*.

Diam., 15 cent.

265 — **Flacon**. Argent doré.

De forme cylindrique avec renflement médian ; il est décoré de godrons unis et repose sur quatre pieds ; couvercle fermant à vis avec poignée à charnière. Marqué des lettres : *A. F. V .M.*

Haut., 14 cent.

266 — **Flacon**. Argent doré.

De forme analogue au précédent. Marqué des lettres : *A. E. F. V. Z.*

Haut., 12 cent. 1,2.

267 — **Flacon**. Argent en partie doré.

Décoré sur la panse d'une chasse au sanglier, exécutée en repoussé. Bouchon fermant à vis avec poignée.

268 — **Canette**. Argent.

De forme cylindrique, avec anse, décorée en repoussé d'ornements à rocailles et volatiles ; trois pieds et couvercle à boule.

269 — **Canette**. Argent en partie doré.

De forme cylindrique, le corps orné d'un sujet à personnages en bas-relief, exécuté en repoussé ; coquilles à la base, anse mouvementée et couvercle surmonté d'un fruit.

270 — **Canette**. Argent en partie doré.

) De forme presque cylindrique, la panse offre trois médaillons ovales avec bustes d'empereurs romains de profil, séparés par des chutes de fruits ; base moulurée, anse de forme mouvementée, couvercle divisé en trois compartiments ovales avec fruits et bouton supérieur. Marque : *J. G.*

Haut., 18 cent.

271 — **Canette**. Argent en partie doré.

La panse, de forme cylindrique, offre deux médaillons ovales avec têtes d'empereurs romains laurés, séparés par de grosses grappes de fruits. Base moulurée à torsade de feuillage ; anse de forme mouvementée, couvercle avec armoirie au centre et la devise : *Elecor ubi consumor.*

Haut., 18 cent.

272 — CANETTE. Argent doré.

La panse est ornée, en repoussé, d'un bas-relief à sujet mythologique; couvercle avec double écusson et la date: *1635;* base à feuillage et anse mouvementée.

Haut., 21 cent.

273 — CANETTE. Argent en partie doré.

De forme cylindriq. la panse est entièrement décorée d'un sujet guerrier en repoussé, avec nombreuses figures et cavaliers; base avec médaillons à sujets divers, moulurée; l'anse est ornée d'une feuille d'acanthe; sur le couvercle est un chiffre gravé postérieurement, avec la devise: *Labore et zelo.*

Haut., 22 cent.

274 — CANETTE. Argent en partie doré.

De forme cylindrique, la panse offre, séparés par des branchages fleuris, trois médaillons ovales décorés d'amours en bas-relief et entourés d'inscriptions latines. Base à moulures et fleurs; anse se terminant par un écusson; couvercle surmonté d'une médaille.

Haut., 22 cent.

275 — CANETTE. Argent doré.

La panse cylindrique est ornée de trois médaillons avec tulipes, encadrés de feuillages et séparés par d'autres fleurs en repoussé; base à moulure ornée, anse mouvementée, couvercle surmonté d'un mouton couché.

Haut., 22 cent.

276 — CANETTE. Argent niellé et doré.

De forme cylindrique avec base moulurée et anse; sur la panse, médaillons à figures gravées avec encadrements, fond niellé d'arabesques.

Haut., 24 cent.

277 — CANETTE. Argent en partie doré.

De forme évasée, ornée sur la panse et le couvercle de monnaies sur fond repoussé à feuillages. Au-dessous, se lit une inscription gravée et la date: *10 sept. 1693.*

Haut., 30 cent.

278 — HANAP. Argent en partie doré.

La panse cylindrique est entièrement décorée d'une composition allégorique se déroulant en bas-relief et repose sur trois pieds figurant des grenades. Anse formée d'une cariatide de femme nue ; couvercle offrant au centre une figure allégorique en bas-relief.

Haut. 15 cent.

279 — HANAP. Argent en partie doré.

Grand vase de forme cylindrique, orné sur la panse d'armoiries doubles, gravées et supportées par deux amours jouant de la trompette. Il repose sur trois pieds formés d'une grappe de fruits se rattachant à la panse par des motifs de feuillages avec amours au centre. Anse faite d'un enfant se terminant en rinceaux. Couvercle avec groupe central et bordure à fruits, feuillages et enfants. Au-dessous de la pièce sont gravées les lettres : *A. D. B*.

Haut., 23 cent.

280 — HANAP. Argent en partie doré.

De forme cylindrique, la panse est ornée de guirlandes de fruits rattachées par des nœuds de ruban ; elle repose sur trois pieds à griffes ; anse à chute de fruits ; couvercle offrant au centre une armoirie gravée avec couronne et date : *Anno 1672*. Bordure à guirlandes rappelant celles de la panse. Marque : *V*.

Haut., 15 cent.

281 — HANAP. Argent doré.

De forme cylindrique à anse et couvercle ; la panse présente un renflement au centre et est ornée de godrons.

282 — BOCAL. Noix de coco montée en argent.

Monture à charnières avec arabesques ajourées. Base à piédouche mouluré et petites consoles. Couvercle gravé et surmonté d'une figurine de guerrier debout tenant un écusson.

Haut., 19 cent.

283 — BOCAL. Noix de coco montée en argent.

Base à motifs d'arabesques gravées ; couvercle assorti décoré de frises à sujets de chasses avec pierres en cabochons.

Haut., 24 cent.

284 — Bocal. Argent doré.

En forme de hibou, la tête formant couvercle ; base moulurée et ornementée.

Haut., 17 cent. 1,2.

285 — Bocal. Argent en partie doré.

Calice, couvercle et base à godrons exécutés en repoussé ; tige et couvercle ornementés.

Haut., 26 cent.

286 — Bocal. Argent doré.

Le calice, le couvercle et la base sont ornés de godrons avec coquilles ; la tige est à figurine d'enfant et, formant le bouton du couvercle, l'aigle à deux têtes

Haut., 28 cent.

287 — Bocal. Argent en partie doré.

Le calice et son couvercle, ainsi que le pied, sont à godrons ornés de motifs à rocailles, exécutés en repoussé. Tige agrémentée de trois petites consoles.

Haut., 25 cent.

288 — Bocal. Argent doré.

Le calice, de forme presque cylindrique, légèrement évasé vers le haut, est entièrement décoré de pointes de diamant ; la tige, de forme balustre godronnée, est ornée de trois consoles ajourées ; base à moulure ornementée. Couvercle à pointes de diamant surmonté d'un bouton avec fruits.

Haut., 32 cent.

289 — Bocal. Argent en partie doré.

Le calice et le couvercle sont à godrons simulant une grappe de raisin ; tige à tronc d'arbre avec figurine de bûcheron ; base à godrons unis.

Haut., 32 cent.

290 — Bocal. Argent en partie doré.

De forme analogue au précédent.

Haut., 34 cent.

291 — Bocal. Argent en partie doré.

De forme analogue aux précédents ; la tige est ici à balustre avec consoles.

Haut., 32 cent.

292 — Bocal. Argent doré.

De forme cylindrique évasée, il est décoré en repoussé d'arabesques avec fruits ; tige à balustre et consoles ; base et couvercle surmonté d'une figurine de guerrier.

Haut., 32 cent.

293 — Bocal. Argent en partie doré.

Calice, base et couvercle ornés en repoussé de cartouches et rocailles ; tige à balustre et couvercle surmonté de l'aigle à deux têtes.

Haut., 32 cent.

294 — Bocal. Argent en partie doré.

Le calice, de forme conique arrondie à la base, est doublé d'une enveloppe repercée à jour et gravée avec trois médaillons ovales à sujets d'amours et figures ; tige en forme de balustre à côtes, base à moulure et gorge ornée de rinceaux fleuris. Le couvercle est surmonté d'une statuette d'homme soufflant dans une corne.

Haut., 33 cent.

295 — Bocal. Argent doré.

Calice, couvercle et base à godrons unis, séparés par des motifs exécutés en repoussé. Tige à petites consoles et bouton à bouquet.

Haut., 31 cent.

296 — Bocal. Argent doré.

Le calice, le couvercle et la base sont décorés de godrons ornés de rocailles exécutés en repoussé ; tige à balustre et petites consoles ; couvercle surmonté d'un bouquet.

Haut., 38 cent.

297 — Bocal. Argent doré.

Le calice est à double rangée de godrons reliés par des arabesques ; pied de forme analogue renversée ; tige-balustre avec consoles. Couvercle à godrons surmonté d'une figurine de cheval ailé.

Haut., 38 cent.

298 — Bocal. Argent en partie doré.

Le calice à six lobes offre à sa base deux rangs de godrons, la tige, agrémentée de motifs découpés, s'appuie sur la base à moulure ornée. Couvercle à godrons surmonté d'un bouquet de fleurs.

Haut., 43 cent.

299 — BOCAL. Argent en partie doré.

Le calice, avec inscription gravée sur le bord, offre deux rangs de godrons en forme de cœurs, exécutés en repoussé et séparés par un rétrécissement orné d'arabesques ; tige-balustre agrémentée de consoles et feuillage ajourés ; base à godrons ovales et ornements divers. Couvercle godronné surmonté d'un vase avec bouquet de fleurs.

Haut., 49 cent.

300 — BOCAL. Argent doré.

Le calice, le couvercle et la base, sont ornés de deux rangs de godrons séparés par un rétrécissement à arabesques. Tige moulurée à balustre avec petites consoles ; couvercle surmonté d'un tronc d'arbre.

Haut., 52 cent.

ANCIENNE ORFÈVRERIE ÉTRANGÈRE
des XVIIe et XVIIIe siècles

301 — COUVERT DE TABLE composé d'une cuillère, une fourchette et un couteau, en écaille et argent doré à arabesques fleuries, dans un écrin en cuir, avec fermoir en métal argenté.

302 — SERVICE DE TOILETTE en argent fondu et gravé, de style Empire, comprenant, renfermées dans un écrin, les pièces suivantes : une aiguière et son bassin, deux corbeilles, deux grands flambeaux, un bougeoir, une boîte à savon, deux pelotes, une sonnette, trois boîtes cristal avec couvercle en argent, deux flacons, quatre plateaux, un sucrier, une monture de brosse, une raclette, deux gobelets.

303 — HORLOGE de bureau, en forme d'édicule circulaire, à colonnettes portant un dôme ajouré et surmonté d'une figurine d'enfant indiquant l'heure, en argent doré. Elle porte gravée l'inscription : DANIEL DE KEMPENEER, A MALINES FECIT 1392 sic.

304 — QUATRE PLAQUETTES. Argent doré.

Compositions avec nombreuses figures relatives à l'Histoire du Christ. Elles sont encadrées par deux, dans des cadres en ébène mouluré.

Mesures de chaque plaquette. Haut., 14 cent. 1 2 ; larg., 9 cent 1 2.

305 — DEUX PLAQUETTES. Argent doré.

De forme rectangulaire en hauteur, et figurant : *le Crucifiement* et la *Résurrection*, en bas-relief.

Haut., 11 cent. 1 2 ; larg., 6 cent.

306 — QUATRE TASSES A DÉGUSTER ET DEUX PETITES COUPES en argent et argent doré, ornées de feuillages exécutés en repoussé.

307 — DEUX PETITS GOBELETS, COUPE à deux anses, COUPE à déguster et ENTONNOIR, argent repoussé et gravé.

308 — CALICE. Argent doré.

Entièrement décoré d'arabesques, mascarons et compartiments ornés en repoussé.

Haut., 26 cent.

309 — BUIRE. Argent émaillé.

En forme de bouteille, avec une anse, émaillée en bleu sur fond gravé avec feuillages en dorure et fleurettes en émaux de couleur.

310 — PLAQUETTE. Argent doré.

De forme ovale, représentant l'intérieur d'un atelier d'artiste.

311 — JARDINIÈRE. Argent en partie doré.

De forme ovale, à quatre pieds et deux anses ; la panse renflée est à nervures mouvementées et cartouches à rocailles et feuillages en repoussé.

312 — SOUPIÈRE. Argent en partie doré.

De forme ovale, à deux anses, offrant sur la panse des rocailles et des fleurs. Couvercle surmonté d'un artichaud.

Haut., 25 cent.

313 — PLAT. Argent.

De forme ronde, avec large marli décoré d'oiseaux et de fruits en repoussé.

Diam., 30 cent.

314 — PLAT. Argent doré.

Rond et creux, à bords contournés et ombilic relevé, décoré de cartouches et agrafes à rocailles; au centre, encadrée de moulures, une large rosace.

Diam., 39 cent.

315 — PLAT. Argent.

De forme ronde, offrant au centre et au pourtour un bouquet de fruits et des rinceaux fleuris en repoussé.

Diam., 29 cent.

316 — PLAT. Argent en partie doré.

De forme ovale et côtelée, orné, au centre, d'un enfant sur des rocailles en repoussé.

Grand diam., 26 cent.; petit diam., 19 cent.

317 — PLAT. Argent.

De forme ronde, offrant au pourtour, en repoussé, trois médaillons d'empereurs romains de profils séparés par des guirlandes de fruits.

Diam., 32 cent.

DENTELLES ANCIENNES

318 — GARNITURE de coussin en ancien point d'Alençon.

Long., 80 cent.; haut., 86 cent.

319 — COUPE en ancien point d'Alençon.

Long., 3 m. 30 environ; haut., 8 cent.

320 — COUPE en ancien point d'Alençon.

Long., 3 m. 68 environ; haut., 40 cent.

321 — COUPE en ancien point d'Alençon.

Long., 6 m. 80 environ; haut., 11 cent.

322 — POINT en point d'Angleterre.

323 — ÉCHARPE en point de Milan.

Long., 2 m. 70 ; haut., 60 cent.

324 — GARNITURE DE ROBE en ancien point de Milan, comprenant : quatre coupons de 0m 64 de hauteur sur une longueur totale de 10m 50 environ ; une berthe mesurant 2m 45 de longueur environ ; trois coupes de dentelle mesurant 5m 50 de longueur et 0m 10 de hauteur.

325 — FICHU en ancien point de Burano.

326 — FICHU en point de Venise.

327 — PETIT COL en Venise.

328 — VOLANT en point de Venise Louis XIV, aux armes d'Autriche et chiffres de la famille royale de France.

Long., 3 m. 50 environ ; haut., 32 cent.

Ce volant aurait été donné à la reine Marie-Antoinette à l'occasion de son mariage avec Louis XVI.

BRONZES D'ART — SCULPTURES

329 — CHIMÈRE ailée marchant, en bronze patiné. Italie, XVIe siècle. Socle rectangulaire mouluré, en bronze.

330 — GROUPE en bronze patiné : *Triton sur monstre marin, portant une coquille.* Italie, XVIe siècle.

331 — GROUPE en bronze patiné : coquille avec figures d'enfants, dont l'un, ailé, tient une couronne de laurier. Italie, XVIIe siècle.

332 — STATUETTE DE SAINT JEAN-BAPTISTE, debout, en bronze patiné. XVIIe siècle.

Haut., 66 cent.

333 — PETIT BUSTE en bronze patiné, d'après *Lemoyne : Louis XV.* Socle en bronze avec piédouche doré.

334 — Statuette en bronze patiné : *la Tragédie*. Signée : *Righetti,*
1789.

Haut., 34 cent.

335 — Deux statuettes en bronze patiné : *Muses*. Signées : *Righetti,*
1790. Socles en marbre blanc, ornés de moulures en bronze.

Haut., 28 cent.

336 — Deux statuettes analogues aux précédentes.

Haut., 30 cent.

337 — Statuette en bronze patiné, d'après l'antique : *Femme assise*.
Signée : *F. Righetti, Rome, 1789.*

Haut., 30 cent.

338 — Statuette analogue à la précédente, portant la même
signature, datée de *1790*.

Haut., 27 cent.

339 — Deux statuettes en bronze patiné : *Femmes assises*. Fin du
XVIII° siècle. Socles en marbre blanc.

Haut., 26 et 24 cent.

340 — Deux groupes en bronze patiné, d'après l'antique : *Achille et*
Patrocle. — *Gladiateur mourant*. Signés tous deux : *F. Ri-*
ghetti, à Rome, 1790.

Haut., 36 cent.

341 — Statuette en bronze patiné, d'après l'antique : *le Rémouleur*.
Signé : *Righetti, Rome, 1788.*

Haut., 22 cent.

342 — Bronze patiné : *Lionne marchant*. Signé : *F. Righetti,*
Rome, 1790. Socle en marbre jaune de Sienne.

Haut., 15 cent.

343 — Statuette en bronze patiné, d'après l'antique : *Homme*
debout. Fin du XVIII° siècle.

Haut., 33 cent.

344 — Statuette en bronze patiné, d'après l'antique : *Apollon du*
Belvédère, portant la signature gravée : *F. Righetti. F.*
Rome, 1791.

Haut., 35 cent.

345 — STATUETTE du XVIIIe siècle, en bronze à patine brune, d'après *Jean de Bologne : Mercure*, portant la signature de *G. Zoffoli F.* Elle repose sur un socle carré, en marbre, orné sur la face principale d'un masque de Méduse en bronze patiné et d'une guirlande de pampres de vigne en bronze très finement ciselé et doré ; sur les trois autres faces, médaillon à rosace ; contre-socle en granit et base en marbre. XVIIIe siècle.

Haut. totale, 80 cent.

346 — IMPORTANT GROUPE en bronze patiné, d'après l'antique : *Laocoon et ses fils*, d'après le marbre original du musée du Vatican. XVIIIe siècle.

Haut., 78 cent.

347 — STATUETTE en bronze à patine brune, par *Pigalle*, et représentant *Junon*. Signée sur le socle : *J.-B. Pigalle fecit. 1772.*

Haut., 45 cent.

348 — DEUX IMPORTANTS GROUPES équestres, en bronze patiné, d'après *Coysevox : la Renommée, le Commerce*, d'après les groupes en pierre ornant l'entrée du Jardin des Tuileries, sur la place de la Concorde, à Paris. Fontes du XVIIIe siècle.

Haut., 60 cent.

349 — STATUETTE en bronze patiné : *César ou Napoléon* en empereur romain, tenant d'une main le bâton de commandement, de l'autre la boule du monde. Commencement du XIXe siècle.

Haut., 47 cent.

350 — DEUX LIONS couchés, en marbre jaune tacheté, sur socles en serpentine. Travail ancien.

351 — AMOUR endormi auprès de son carquois, sur un coussin, marbre du XVIIIe siècle.

BRONZES D'AMEUBLEMENT

Pendules, Candélabres, Vases, Surtout de table, etc.

352 — PENDULE, du temps de Louis XIV, de forme monumentale, avec couronnement surmonté d'une figurine d'amour, en marqueterie d'écaille et de cuivre, ornée de bronzes ciselés et dorés ; montures à rinceaux avec animaux, chutes d'attributs divers, etc. Sur un cartel émaillé, se lit l'inscription : *Caillous, à Paris.* Socle en marqueterie analogue avec sphinx aux angles portant la pendule et quatre pieds boules.

Haut., 92 cent.

353 — PENDULE D'APPLIQUE, sur socle-support, en forme de cul-de-lampe, du temps de Louis XV, en bronze ciselé et doré. De forme contournée, la pendule ainsi que son support offrent une composition d'ensemble de rinceaux à rocailles et feuillages et surmontée d'une figure de femme drapée, assise, tenant en sa main un soleil. Le cadran porte la marque de *Charles Baltazar, à Paris.*

Haut. totale, 90 cent.

354 — PENDULE sur son socle à musique, du temps de Louis XV, en bronze ciselé et doré. La pendule, de forme contournée, est à rinceaux de feuillages, guirlandes et chutes de fleurs, avec trophée d'instruments de musique au-dessous du cadran. Le socle, qui renfermait autrefois une musique, est de forme contournée, à quatre consoles aux angles avec feuillage et grillagé sur trois faces. Le cadran est marqué : *Gudin, à Paris.*

Haut., 80 cent.

355 — PENDULE du temps de Louis XV sur son socle, en bronze ciselé et doré ; elle est de forme mouvementée et composée, ainsi que le socle, de rinceaux, rocailles et feuillages fleuris. Le cadran est marqué : *Viger, à Paris.*

Haut., 40 cent.

336 — PENDULE-CARTEL applique du temps de Louis XV, en bronze ciselé et doré. Modèle à rocailles, rinceaux feuillagés et surmonté d'une figure du *Temps* ailé, portant la faux et le sablier sur des nuages ; au-dessous du cadran est une figure d'enfant portant une gerbe de blé. Le cadran porte la marque : *Ch^{les} Voisin, à Paris*.

Haut., 77 cent.

337 — PENDULE-CARTEL applique du temps de Louis XV, en bronze ciselé et doré ; modèle à rocailles, rinceaux et chutes de fleurs ; il est couronné par un groupe : Chinois tenant un singe dans son bras. Le cadran, fracturé, porte la marque de *Gille l'aîné, à Paris*.

Haut., 52 cent.

338 — PENDULE-CARTEL avec socle cul-de-lampe du temps de Louis XV, de forme contournée, en bois peint au vernis à fleurs, ornée de bronzes à rocailles, rinceaux, feuillages et oiseau.

Haut., 1 mètre.

339 — PENDULE-CARTEL applique du temps de Louis XV, en bronze ciselé et doré. Modèle à feuillages et consoles sur les côtés, surmontées d'une tête de femme ; il est surmonté d'un vase enguirlandé de laurier et se termine à la base par un culot de feuilles d'acanthe et de chêne. Le cadran porte la marque de *Jubel, à Paris*.

Haut., 65 cent.

340 — PENDULE-VASE du temps de Louis XVI, à double cadran tournant les heures et les minutes, en bronze ciselé et doré. Le vase, de forme ovoïde, est à deux anses relevées s'appuyant sur des mascarons à tête de lion et anneau ; autour du couvercle, surmonté d'un bouton, s'enroule un serpent dont le dard indique l'heure ; la panse du vase est ornée de guirlandes et d'un culot ouvragés. Il repose, par son piédouche, sur un socle en forme de fût de colonne cannelée avec baguettes, agrémenté de quatre guirlandes de chêne rattachées deux à deux par un nœud de ruban. Les émaux marquant les heures et les minutes, ainsi que quelques baguettes du socle, sont enrichis de marcassite. Elle porte l'estampille de *Lepaute* sur le haut du fût de colonne et le même nom est répété en gravure sur le socle de base.

Haut., 49 cent.

361 — PENDULE de la fin du temps de Louis XVI, en bronze très finement ciselé et doré, figurant le *Char de l'Agriculture*, poussé par un laboureur, traîné par deux bœufs et surmonté par la déesse *Cérès*. Le cadran, enguirlandé de gerbes de blé, est encastré dans un socle en marbre rouge antique, orné de petites appliques et reposant sur quatre chiens en bronze doré. Contre-socle en marbre avec pieds boules.

Haut., 48 cent.; larg., 62 cent.

362 — IMPORTANTE PENDULE du temps de l'Empire, en bronze finement ciselé et doré. Composition à deux figures : *Amour et Bacchante*. Derrière ce groupe s'élève un cep de vigne chargé de raisins. Socle en marbre vert antique, orné au centre d'un bas-relief : *Ronde de Bacchantes conduites par l'Amour*; aux extrémités, médaillons-losanges à feuillages de vigne. Huit pieds à griffes. La pendule porte, estampillée sur le terrassement, à gauche, l'inscription suivante : FECIT L. THOMIRE LE JEUNE A PARIS. Le cadran est marqué de *B. et L. Mertian, à Paris*.

Haut., 60 cent.; larg., 52 cent.

363 — PENDULE Empire, en bronze patiné et bronze doré, formée d'un fût de colonne agrémenté d'appliques et sur lequel est le cadran. Au-dessus, figurine d'Amour jouant du tambour. Socle carré et quatre pieds boules.

Haut., 50 cent.

364 — PAIRE DE CANDÉLABRES-GIRANDOLES du temps de Louis XVI, à quatre lumières, en bronze très finement ciselé et doré. Le flambeau, à tige formée de quatre cariatides de femmes enguirlandées, repose sur une base circulaire à feuilles d'acanthe et caneaux. Le bouquet est à quatre branches porte-lumières, formées de rinceaux se terminant par une tête de femme coiffée à l'égyptienne ; au centre du bouquet et formant couronnement, un vase figurant une cassolette.

Haut., 64 cent.

365 — PAIRE DE BOUTS-DE-TABLE du temps de Louis XVI, à quatre lumières, en bronze doré et cristaux, portés par un vase-balustre en verre bleu. Socle en marbre blanc et contre-socle en marbre gris bleu veiné.

Haut., 90 cent.

366 — **PAIRE DE GRANDS CANDÉLABRES** du temps de l'Empire, à cinq lumières, formés chacun d'une statuette de femme en bronze patiné, portant en sa main droite un bouquet de quatre lumières; en sa main gauche, un flambeau porte-lumière en bronze ciselé et doré. Socle cylindrique en bronze patiné, orné d'une ronde de danseuses, de mascarons et de rosaces et reposant sur trois lions ailés en bronze doré. Contre-socle triangulaire.

Haut., 1 m. 05.

367 — **PAIRE DE GRANDS CANDÉLABRES** du temps de l'Empire, à trois lumières, en bronze ciselé et doré, formés chacun d'une statuette de femme ailée, portant une lampe antique triangulaire porte-lumières et reposant sur un socle soutenu par trois animaux chimériques; base triangulaire.

Haut., 65 cent.

368 — **AUTRE PAIRE DE GRANDS CANDÉLABRES** du temps de l'Empire, à trois lumières, en bronze ciselé et doré, analogue à la paire précédente, dont elle ne diffère que par l'importance de la lampe antique portant les lumières.

Haut., 65 cent.

369 — **PAIRE DE CANDÉLABRES** du temps de l'Empire, à quatre lumières, en bronze ciselé et doré, formés chacun d'une statuette de femme ailée, portant de chaque bras un groupe de deux flambeaux porte-lumières. Socle cylindrique et base carrée.

Haut., 64 cent.

370 — **PAIRE DE CANDÉLABRES** du temps de l'Empire, à cinq lumières, en bronze ciselé et doré, formés chacun d'une statuette de femme ailée, portant une couronne de flambeaux porte-lumières. Socle orné en forme de balustre et base carrée.

Haut., 64 cent.

371 — **IMPORTANT SURTOUT DE TABLE** du temps de l'Empire, par *Thomire*, en bronze ciselé et doré, dont presque toutes les pièces portent frappée l'estampille du maître.

Il se compose de :

1° DEUX PLATEAUX circulaires d'une seule partie;

2° DEUX PLATEAUX à extrémités cintrées, en trois parties;

3° UNE GRANDE JARDINIÈRE, formée d'une coupe ovale ajourée, ornée de pampres de vigne, supportée par un groupe d'enfant-triton entre deux dauphins. Socle ovale mouluré avec congélations simulées et tore de fruits ; pieds à feuillage. La coupe, servant de jardinière, peut faire place à une autre coupe en cristal et servir ainsi de corbeille à fruits.

Haut., 49 cent.

4° DEUX GRANDS COMPOTIERS avec coupe en cristal portée par deux dauphins ; socle rectangulaire orné et quatre pieds à griffes :

Haut., 32 cent.

5° DEUX PORTE-BONBONS formés chacun de trois sirènes portant des coupes en cristal, dont deux simulent des coquilles : socles ovales, ornés de congélations ; pieds à dauphins accouplés :

Haut., 30 cent.

6° QUATRE PETITS COMPOTIERS formés chacun de trois dauphins portant une coupe :

Haut., 16 cent.

7° QUATRE SUPPORTS A PETITS FOURS, à double plateau superposé, en cristal, dont le supérieur est porté par une sirène ; socles circulaires, ornés de congélations ; pieds à dauphin.

Haut., 26 cent.

372 — PAIRE DE BRAS-APPLIQUES Louis XVI à deux lumières en bronze ciselé et doré, formés chacun de deux rinceaux porte-lumière, se terminant en bustes de femmes coiffées à l'égyptienne et retenus par un ruban sur lequel se profile un aigle aux ailes ouvertes.

Haut., 85 cent.

373 — PAIRE DE VASES décoratifs, de la fin du XVIIIᵉ siècle, en bronze finement ciselé et doré. Ils affectent chacun la forme balustre, avec anses faites de femmes ailées, se terminant en gaines feuillagées et portant, chacune, un thyrse enrubanné de lierre ; amours en bas-relief sur la panse, palmettes au col ainsi qu'à la base et autres ornements. Ils reposent sur des socles en marbre vert antique, ornés de moulures et de mascarons en bronze doré.

Haut., 52 cent.

374 — PAIRE DE FLAMBEAUX, de la fin du XVIIIe siècle, en bronze ciselé et doré. En forme de brûle-parfums, à trois pieds, à bec et griffe d'aigle ; au centre, tige s'épanouissant en un bouquet de roseaux, en tôle peinte, portant la lumière. Socle circulaire en serpentine.

Long., 32 cent.

375 — VASE à panse ovoïde en jaspe, richement monté en bronze doré ; anses à têtes de satyre et feuillages, col et piédouche à canaux : du vase s'échappe un bouquet de roses avec grappes de raisin. Socle en marbre bleu turquin avec perles.

Haut., 73 cent.

376 — VASE couvert, en porphyre de Suède, Louis XVI, de forme ovoïde, avec col cylindrique et base moulurée. Il est orné de deux anses à têtes de bélier reliées par une guirlande de lierre avec socle carré à perle en bronze ciselé et doré.

Haut., 49 cent.

377 — VASE en spath-fluor ; monture Louis XVI, à bouton et piédouche en bronze ciselé et doré.

378 — MICROSCOPE du temps de Louis XV, en cuivre ciselé, gravé et doré ; la table, de forme contournée, repose sur deux consoles à rinceaux et rocailles ; la lunette est doublée d'une enveloppe repercée à jour en argent gravé. Socle en bois sculpté de forme mouvementée, peint au vernis. L'instrument porte la marque gravée de : *F. Villette, opticien du Prince, à Liége, 1765.*

Haut., 40 cent.

379 — PAIRE DE FLAMBEAUX D'AUTEL du temps de Louis XIV, en bronze ciselé et doré, à trois faces, ornées de moulures, de feuillages et d'armoiries papales sur les angles.

Haut., 47 cent.

380 — PAIRE DE FLAMBEAUX du temps de Louis XVI, en bronze finement ciselé et doré ; tige ornée d'entrelacs, rosaces, feuilles et perles.

Haut., 27 cent.

381 — PAIRE DE FLAMBEAUX du temps de Louis XVI, en bronze ciselé et doré ; tige cannelée à feuillages et perles.

Haut., 29 cent.

MEUBLES ANCIENS

Ameublements de salon.

382 — COMMODE du temps de Louis XIV, attribuée à Ch. Boulle, en marqueterie d'ébène, écaille, cuivre et étain, ouvrant à deux tiroirs. Le dessus, bordé d'un quart de rond mouluré en cuivre, est orné d'une composition décorative dans le goût de Bérain : médaillon ovale avec personnages dans un paysage, sur fond de rinceaux et d'arabesques. Elle est décorée de fortes chutes à mascarons et de sabots sur les pieds, de poignées de tirage et d'entrées de serrure sur les tiroirs, en bronze ciselé et doré.

Long., 1 m. 30 ; prof., 65 cent.; haut., 82 cent.

383 — GAINE du temps de Louis XIV, de forme droite rectangulaire, en marqueterie de cuivre et d'écaille, en contre-partie, ornée de bronzes dorés.

Haut., 1 m. 15; larg., 49 cent.; prof., 31 cent.

384 — IMPORTANT BUREAU-PLAT du temps de Louis XV, de forme contournée, à quatre pieds cambrés, ouvrant à trois tiroirs à la ceinture, en bois de placage. Il est très richement orné de bronzes finement ciselés et dorés. Sur les pieds : chutes à rocailles et feuillages, baguette et sabots à volute ; sur les tiroirs : baguettes d'encadrement moulurées, agrémentées de rinceaux feuillagés et fleuris dans lesquels se trouvent les entrées de serrure. Le dessus du meuble se profile d'un large quart de rond à moulures. Il porte l'estampille de *Joseph*, maître-ébéniste, dont on peut voir un meuble, de caractère analogue, au South Kensington, à Londres. La même signature se trouve sur une commode en laque ayant fait partie de l'ancienne collection Ch. Stein (voir Émile Molinier : *l'Histoire du mobilier français*).

(Restaurations, notamment dans l'ébénisterie.)

Long., 1 m. 90 ; larg., 95 cent.; haut., 84 cent.

385 — Cartonnier du temps de Louis XV, de forme mouvementée, à quatre pieds, avec sept casiers, en bois de placage. Il est richement orné de bronzes dorés à rinceaux, feuillages et motifs variés, formant encadrements sur les côtés. Il repose sur un meuble, de même bois de placage, ouvrant à porte sur chacun des côtés également, orné de bronzes dorés. Ce cartonnier avec son support peut accompagner le bureau précédent.

Dimension du cartonnier : long., 86 cent.; haut., 64 cent.
Dimensions du dessous du cartonnier :
Long., 95 cent. ; haut., 88 cent.; prof., 40 cent.

386 — Bureau du temps de Louis XV à *dos d'âne*, en marqueterie de bois de placage, à carrelage, de forme contournée ; il ouvre à abattant sur le dessus, avec tiroirs et deux portes dans le corps du meuble. Il est orné d'encadrements formés d'une baguette fleurie, de chutes, de sabots et entrées de serrure en bronze ciselé et doré.

Long., 1 m. 15 ; prof., 55 cent.; haut., 97 cent.

387 — Secrétaire du temps de Louis XV, de forme contournée, ouvrant à abattant et deux portes, en marqueterie de bois de placage à fleurs et trophée d'attributs de musique. Il est orné de chutes, sabots et entrées de serrures en bronze ciselé et doré. Dessus de marbre bleu turquin.

Haut., 1 m. 15 ; larg., 0 m. 65.

388 — Deux Armoires, style Louis XV, de forme droite, avec couronnement en retrait, ouvrant à deux portes en marqueterie de bois de placage avec médaillons de rinceaux en bois debout. Elles sont richement ornées de bronzes ciselés et dorés formant, sur chaque porte, deux panneaux d'encadrement à feuillages fleuris et rocailles; chutes et amortissements aux angles; moulure ornée et rinceau sur la plinthe.

Haut., 1 m. 60 ; larg., 1 m 08; prof., 0 m 40.

389 — Petite table du temps de Louis XV, de forme ovale, à quatre pieds cambrés et tablette inférieure, ouvrant à tiroir dans la ceinture en marqueterie de bois de placage à quadrillé et bordure à feuillage et fleurettes sur le dessus.

Haut., 71 cent.

390 — Petite table à quatre pieds cambrés ouvrant à tiroir, en marqueterie de bois de placage. Sur le dessus, de forme contournée, médaillon ovale à fleurs et jouets divers en bois de couleur. Elle est ornée d'un quart de rond mouluré, de chutes et de sabots en bronze ciselé et doré.

391 — Secrétaire du temps de Louis XVI, de forme droite, à pans coupés, ouvrant à abattant, tiroir et deux portes, en marqueterie de bois de placage de couleur, avec incrustation de nacre et d'ivoire. Sur l'abattant : composition à personnages antiques : sujet tiré de *l'Histoire d'Achille* ; sur les deux portes inférieures et ne faisant qu'un seul tableau, composition analogue. Sur les pans coupés et sur les côtés, des personnages et trophées d'attributs guerriers. Le meuble est richement orné de bronzes ciselés et dorés, notamment d'une frise d'entrelacs sur le tiroir supérieur, d'un encadrement mouluré à crossettes sur l'abattant et les portes inférieures ; chutes à triglyphes aux angles et moulures supérieures à oves.

Haut., 1 m. 40 ; larg., 90 cent.

392 — Grande table-console du temps de Louis XVI, en bois sculpté et doré, à quatre pieds-cariatides de femmes sur le devant et quatre pieds à colonnes-gaines en arrière. La ceinture est faite de rinceaux ajourés avec guirlandes de fleurs et moulures à perles et oves. Dessus en marbre blanc incrusté d'une mosaïque de Florence, en marbre de couleur.

Long., 1 m. 35 ; prof., 72 cent.; haut., 81 cent.

393 — Paire de meubles encoignures du temps de Louis XVI, en marqueterie de bois de couleur, ouvrant à une porte décorée d'un paysage avec monuments en ruines ; appliques en cuivre et bronze doré. Dessus de marbre blanc.

394 — Meuble d'entre-deux Louis XVI, à coins arrondis, en acajou, ouvrant à porte pleine au centre et deux portes cintrées aux angles, avec trois tiroirs à la ceinture. Il est orné de bronzes ciselés et dorés. Dessus de marbre blanc.

Haut., 94 cent.; larg., 1 m. 10 ; prof., 47 cent.

395 — TABLE A JEU du temps de Louis XVI, de forme triangulaire, avec dessus à volet s'ouvrant et se repliant sur un pied à coulisse, en marqueterie de bois de placage, avec bordure grecque.

Long., 1 m. 05.

396 — TABLE A JEU du temps de Louis XVI, de forme demi-circulaire, à quatre pieds, dont un à coulisse, destiné à recevoir le dessus à volet et former ainsi une table ronde ; marqueterie de bois de placage à rinceaux de fleurs.

Long., 1 m. 05 ; haut., 75 cent.

397 — TABLE-ROGNON du temps de Louis XVI, de forme analogue à la précédente, avec trois tiroirs dans la ceinture ; le dessus en marqueterie de bois de couleur et incrustations d'ivoire gravé, à médaillon au centre et rinceaux de fleurs et feuillages (restaurations).

Long., 97 cent. ; larg., 45 cent.; haut., 70 cent.

398 — TABLE-ROGNON du temps de Louis XVI, à dessus en marqueterie de bois de placage, avec médaillon central à fleurs, sur fond quadrillé à losanges, et bordure à pointillé. Elle porte sur deux pieds découpés à jour.

Long., 92 cent. ; larg., 50 cent.; haut., 71 cent.

399 — AMEUBLEMENT DE SALON du temps de Louis XVI, recouvert en ancienne tapisserie d'*Aubusson*. Il se compose d'un canapé, deux bergères et six fauteuils. Chacune des pièces offre au siège et au dossier des compositions d'après *J.-B. Oudry*, avec animaux sous un lambrequin de draperie avec fleurs. Bois sculptés et dorés anciens, à colonnettes, feuille d'eau et ornements divers.

Long. du canapé, 1 m. 55.
Larg. des fauteuils, 60 cent.

400 — AMEUBLEMENT DE SALON, composé d'un grand canapé, un petit canapé, deux bergères et quatre fauteuils ; il est recouvert en satin blanc, avec application d'ancienne broderie au point de chaînette du temps de Louis XVI, à motifs d'animaux et fleurs sur le grand canapé, et d'attributs divers : chasse, pêche, guerre, dessin, géographie, etc.. sur les autres sièges. Les bois, sculptés et dorés, de style Louis XVI, sont de *Liseray*, et d'une remarquable exécution. Les dossiers présentent, répétés en sculpture, les attributs se trouvant sur la garniture.

Ce meuble était primitivement monté sur des bois portant l'estampille du garde-meuble de la reine. *(Voir la Préface.)*

Grand canapé : long., 2 mètres ; haut.. 1 m. 20.
Petit canapé : long., 1 m. 05 ; haut.. 1 mètre.
Bergères : larg., 73 cent.: haut.. 1 m. 10.
Fauteuils : larg., 65 cent.: haut., 1 m. 05.

401 — ÉCRAN de style Louis XVI, en bois sculpté doré. Feuille en satin blanc, avec broderie au point de chaînette : fleurs, panaches de plumes et encadrement à draperies.

9 782329 481838